アンリくん、どうぶつ だいすき

エディット・ヴァシュロン 文　ヴァージニア・カール 文・絵　松井るり子 訳

First published in 1961 by Charles Scribner's Sons.

もくじ

アンリくん、
どうぶつ だいすき

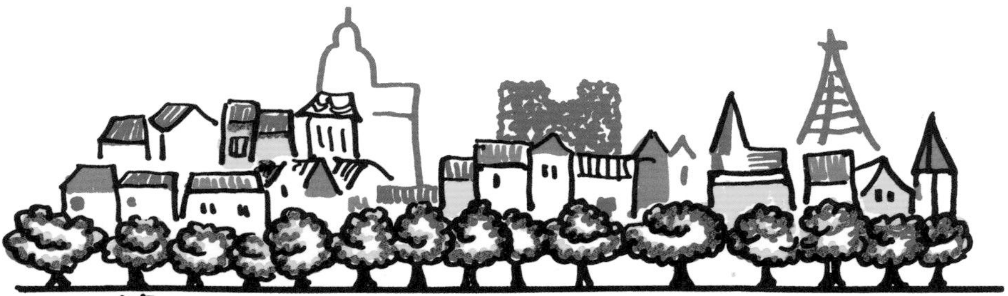

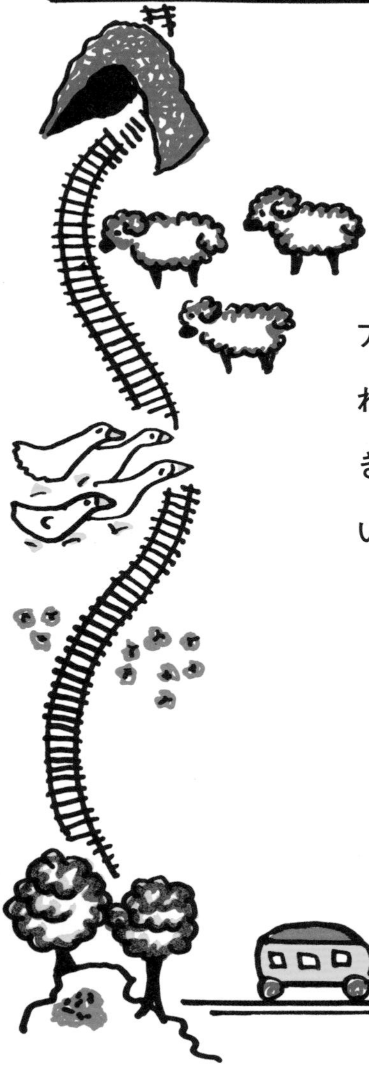

アンリくんと

ねこの　ミシェルくんは

きしゃに　のって　でかけます。

いっしょに　いなかへ　むかいます。

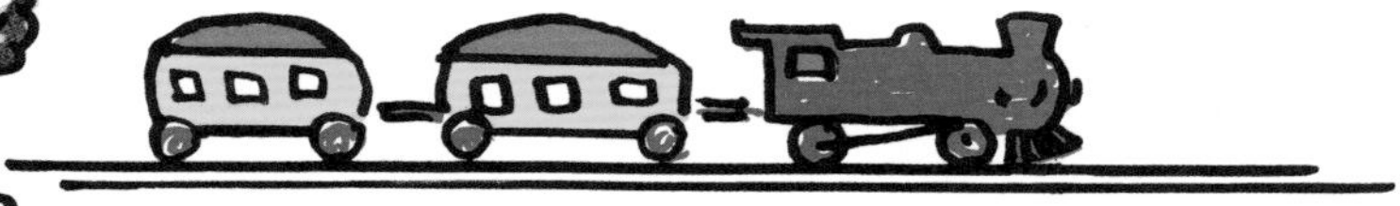

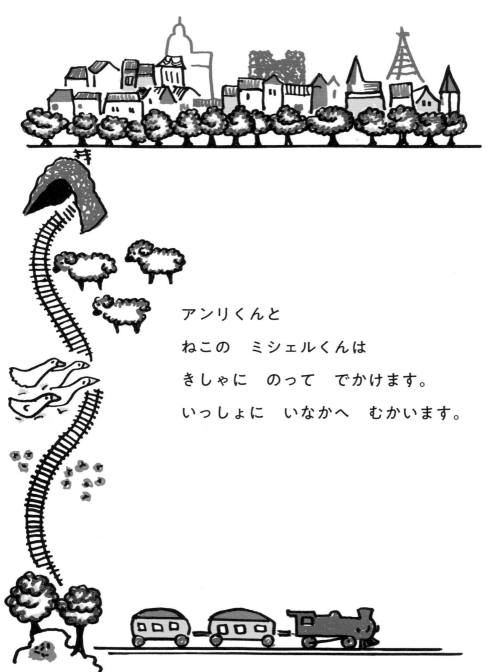

アンリくんは

おばさんの

ところへ

あそびにいきます。

ミシェルくんも

おばさんたちの

ところへ

あそびにいきます。

アンリくんの　おばさんは

のうじょうに　すんでいます。

ミシェルくんの　おばさんたちも

のうじょうに　すんでいます。

アンリくんの　おばさんは

どうぶつを　たくさん　かっています。

ウマを　1《いっ》とう、

めウシを　1《いっ》とう、

カメを　1《いっ》ぴき、

ニワトリを　3《さん》ば、

アヒルを　6《ろく》わ、

ウサギを　10《じっ》ぴき、

イヌを　1《いっ》ぴき。

ミシェルくんの
おばさんたちは
こネズミを　1《いっ》ぴき
かっています。

アンリくんと　ミシェルくんは、
のうじょうを　あちこち
みてまわりました。

アンリくんが　いいました。
「わあ、どうぶつが　いっぱいだ。
ぼく、どうぶつが
だいすきなんだ。
ミシェルくんは　どう？」

「ぼく、どうぶつは
すきじゃ　ない」

「そうなんだ。

でも、ほら　みて。

ウマが　いるよ。

たくましくて、りっぱだね」

と、アンリくん。

「ぼく、ウマは　にがてだな。

ウマって　りっぱすぎるもの」

と、ミシェルくん。

「あっちに　めウシが　いる。
おとなしくて、やさしくて、おおきいよ」
と、アンリくん。

「ぼくは　めウシも　にがてだな。
ウシって　おおきすぎるもの」と、ミシェルくん。

「こっちには　カメが　いるよ。
ちいさくて、のんびりしてる」

「ぼく、カメは
にがてだな。
カメって
のろすぎるもの」

「はやおきの　ニワトリや
およぎが　とくいな
アヒルも　いるよ」

「あさから　うるさく　なく
ニワトリも

みずべの　アヒルも　すきじゃない」
と、ミシェルくん。

「ほら　ミシェルくん、ウサギが　いる。
しずかで
ちょっと　こわがりなんだ」

「だめ　だめ。
ウサギは　おどおどしすぎ」
と、ミシェルくん。

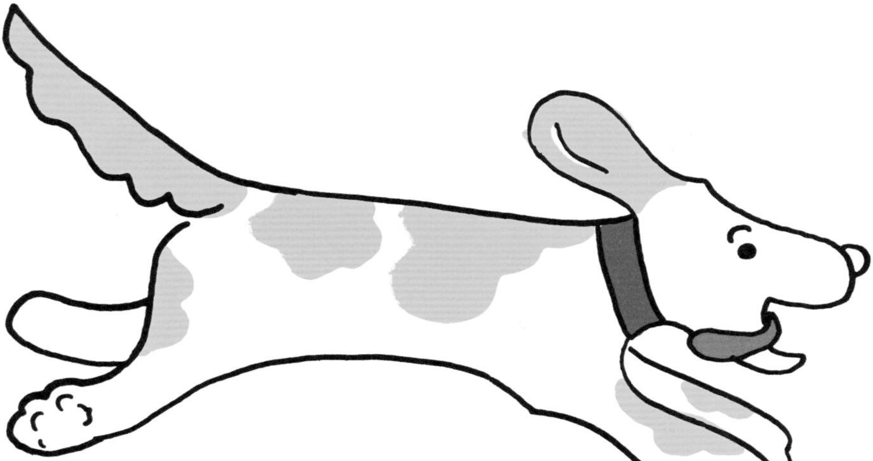

「みて　ミシェルくん、イヌが　きたよ。
ゆうかんで
きもちの　やさしい　どうぶつだよね」
と、アンリくん。

ミシェルくんは　いいました。

「ああ　もう、いやだなあ。

ぼく、どうぶつは　すきじゃない。

ウマは　にがて、

ウシも　にがて、

カメも　ニワトリも

アヒルも　ウサギも　にがてだけど、

なかでも　イヌが　いちばん　にがて！」

ご愛読ありがとうございます

今後の出版の参考のため、みなさまのご意見・ご感想をお聞かせください。
このはがきを送りいただいた方には、カタログと特製ポストカードを差し上げます。

この本《ほん》のなまえ

この本《ほん》を読《よ》んで感《かん》じたことをおしえてください。

通信欄

編集部へのご意見や出版をご希望する作家・画家などお知らせください。

この本はどこでお知りになりましたか？

書店　2広告　3書評・記事　4人の紹介　5図書館　6その他

ふりがな)
お名前　　　　　　（　　歳）

ご住所 〒

ールアドレス

お子様の
お名前　　　　（　歳）　　　　（　歳）　　　　（　歳）

●ご記入のご感想を、「子どもの本だより」などPRに使用してもよろしいですか？
右の□に✓をご記入ください。□許可する□匿名なら許可する□許可しない

●メールアドレスをご記入いただいた方には、新刊の案内等をお送りする場合があります。
尚、ご記入いただいた個人情報は上記の目的以外での利用はいたしません。

おそれいります
が、切手をおは
りください。

郵便はがき

141-8202

東京都品川区上大崎3-1-1
目黒セントラルスクエア

（株）徳間書店 児童書編集部
「絵本・児童文学」係

こちらのはがきで本のご注文も承っております

もよりの書店でお求めになれない場合は、こちらのはがきをご利用くださ
お手数ですが、**必ずご捺印をお願い致します。**
（ご捺印のない場合は本をお届けできません。ご了承ください。）
また、電話でのご注文もお受けいたします。書名・冊数およびご住所・氏名・お電話番号を弊社販売（049-293-5521）までご連絡ください。
●このはがきでのご注文、電話でのご注文とも、お届けは佐川急便にて、代金引換となります。送料は１回につき何冊でも864円（税込　2019年3月現在）です。

書籍注文書	ご 注 文 の 書 名	本体価格	冊

ご

お名前　　　　　　　　　　（　　歳）

ご住所 〒

TEL（必ずご記入ください）

未成年の場合は、保護者の方のご署名を**必ず**お願いします。　保護者ご署名

★大人気！ ミジェリンスキ夫妻の本★

マップス　新・世界図絵

ポーランドで人気の絵本作家夫妻が、世界の42か国をすみずみまで調べあげ、まる3年かけて、地図とイラストをかきました。食べ物、歴史的な建物、有名な人物、動物…さまざまな分野を計4000以上のイラストで楽しく紹介します。199か国の国旗と正式名称も掲載。

作・絵 アレクサンドラ・ミジェリンスカ&ダニエル・ミジェリンスキ／訳 徳間書店児童書編集部／38cm／109ページ／♦／定価4180円(税込)

アンダーアース・アンダーウォーター　地中・水中図絵

みなさんを足もとの見えない世界へ、断面図とイラストでご案内します。「アンダーアース」の赤い表紙からは、地面の下の世界、「アンダーウォーター」の青い表紙からは、水の中の世界が広がる刺激的な一冊。大人気絵本『マップス　新・世界図絵』の著者による大判絵本。

作・絵 アレクサンドラ・ミジェリンスカ&ダニエル・ミジェリンスキ／訳 徳間書店児童書編集部／38cm／110ページ／♥／定価3520円(税込)

国立公園へ行こう！ イエローストーンからコモドまで

ポーランドの国立公園「ビャウォビェジャの森」にすむリスとバイソンが、世界の国立公園へ！　8つの国立公園への旅を通して、珍しい動植物や地形、自然現象をマンガ形式でわかりやすく紹介。「生物多様性」「生態系」「種」などの考え方にもふれ、「自然保護」についての初めての読書に最適。

作・絵 アレクサンドラ・ミジェリンスカ&ダニエル・ミジェリンスキ／38cm／128ページ／♥／定価3630円(税込)

世界の国からいただきます！

『マップス』の著者が、世界26か国の食べものを国ごとに紹介します！　食べものと国の歴史との関係や、よく食べられている食材・料理、行事のときの食べものなど、「食」にまつわるさまざまなトピックをとりあげます。「食」を通して、国の歴史や文化についても学べる大判絵本。

文・絵 アレクサンドラ・ミジェリンスカ&ダニエル・ミジェリンスキ／文 ナタリア・バラノフスカ／日本語版監修 岡根谷実里／38cm／112ページ／♦／定価4180円(税込)

2024

徳間書店の
絵本・児童文学

4月新刊案内

絵本
『マップス・プラス　新・世界図絵』より
Illustration © Aleksandra Mizielińska and Daniel Mizieliński, 2019

BFC
とびらのむこうに別世界《べっせかい》
徳間書店の児童書
BOOKS FOR CHILDREN

徳間書店の絵本・児童文学の背にはこのマークが入っています。読者のみなさまに、新しい世界との出会いをお約束する目印です。

「ミシェルくんって
ほんとうに
どうぶつは　なんでも
にがてなんだね」
と、アンリくんは
いいました。

すると、ミシェルくんが　いいました。
「そんなこと　ないよ。
ねこは　だいすき。
ねこは　さいこうの　どうぶつだもの！」

ミシェルくんの
およばれ

きょう、ミシェルくんは
アンリくんの　いえに　およばれしました。
いくつもの　りょうりが　じゅんばんに　でてくる
ごちそうを　いただくのです。

テーブルに　つくと、ミシェルくんは　いいました。
「おまねき　ありがとう　ございます。
ぼく　おなかが　ぺこぺこだよ。
きょうの　メニューは　なあに？」

「おいしいもの　ばかりだよ」と、アンリくん。

「えーっと、これは　なあに」と、ミシェルくん。

「それは　ナプキンだよ。
からだが　よごれないように　くびに　まいてね」
と、アンリくん。

「ふーん」と　いって、
ミシェルくんは
ナプキンを　まきました。

「こっちは　フォークだよ」と、アンリくん。
「なにを　するもの？」
「これを　つかって　たべるんだよ」

「ふーん」と、ミシェルくん。

はじめに　でてきたのは、チーズです。
「どうぞ　めしあがれ」と、アンリくん。

「どうやって　たべたら　いいの？」
「たべるぶんだけ　ナイフで　きって
じぶんの　おさらに　とるんだよ」

「ふーん、そのまま　ナイフで　たべて　いい？」
「だめ　だめ！　あぶないよ。チーズを　きった
ナイフは　もとに　もどしてね」
と、アンリくん。

「ふーん」

つぎに　でてきたのは、サラダです。

「たくさん　めしあがれ」と、アンリくん。

「ありがとう。でも……」

やさいが　にがてな　ミシェルくんは

やまもりの　サラダを

かなしそうに　みつめました。

そのあとも　りょうりは　つぎつぎ

でてきましたが、

ミシェルくんは　なにも　たべません。

アンリくんが　たずねました。
「たべないの？
おなかが　すいてないのかな」
「おなかは　すいてるんだけど……」
と、ミシェルくん。

「あっ、そうか！
のどが　かわいているんだね。
きみの　コップを　かしてくれる？
みずを　いれるね」と、アンリくん。

「ありがとう。でも、いまは　いいや」
「えんりょ　しないで」
アンリくんは　そういって
コップに　みずを　つぎました。

ミシェルくんは
コップと　じぶんの　おさらを
じっと　みつめているだけです。

アンリくんは　しんぱいになって　ききました。

「どうしたの？　げんきが　ないね。

あっ、そうか！

きみも　ぼくと　おんなじで

デザートが　まちきれないんだね」

「うん、そう　そう、そうなんだ！」

と、ミシェルくん。

アンリくんは、すぐに

おおきな　デザートを　はこんできました。

「ミシェルくん、おまたせ。
きょうの　デザートは、とくべつ　おおきくて
とろけるような　プリンだよ。
スプーンで　すきなだけ　とって　たべてね」

ミシェルくんは　プリンを　すくって
コーヒーカップに　いれようと　しました。
アンリくんが　あわてて　いいました。
「ああ、まって。
それは　コーヒーを　いれる　カップだよ」

「ふーん、じゃあ　この　おさら？」
と、ミシェルくんは　いいながら
プリンを　カップの　したの　おさらに
とろうと　しました。

「あっ、まって」と、アンリくんが　とめました。
「その　おさらは、コーヒーカップを　おくところ。
プリンは　デザートボウルに　いれるんだ」
「ふーん、そうなの」
と、ちいさな　こえで　ミシェルくん。

デザートを　たべおえた　アンリくんは
「コーヒーは　いかが？」と　たずねました。

「いえ　いえ、けっこうです」
と、ミシェルくん。

「では、なにか　ほかの　ものは？」

「ほかの　ものって、どんな　もの？」

「あかと　きいろの
りんごが　あるし、

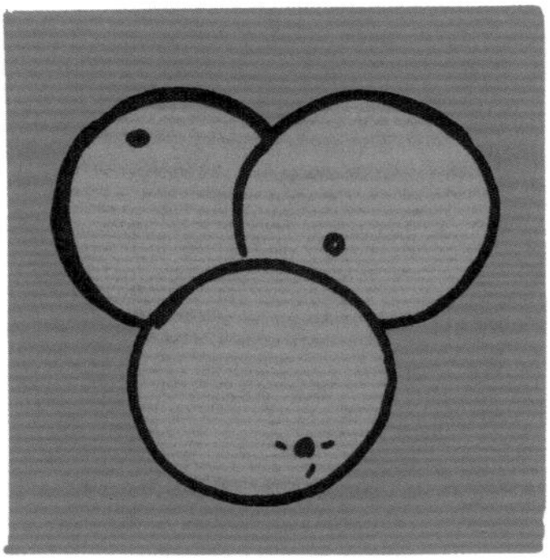

たべごろの
オレンジも

ラ・フランスも　あるよ」
と、アンリくん。

◆読者のみなさまへ◆

「子どもの本だより」を定期購読しませんか？

徳間書店の児童書をご愛読いただきありがとうございます。編集部では「子どもの本だより」の定期購読を受けつけています。お申し込みされますと二カ月に一度「子どもの本だより」をお送りする他、絵本から場面をとった絵葉書（非売品）などもお届けします。ご希望の方は、六百円（送料を含む一年分の定期購読料）を郵便振替（加入者名・㈱徳間書店／口座番号・００１３０・３・１１０６６５番）でお振り込みください（尚、郵便振替手数料は皆様のご負担となりますので、ご了承ください）。

ご入金を確認後、一、二カ月以内に第一回目を、その後隔月で「子どもの本だより」（全部で六回）をお届けします（お申し込みの時期により、多少、お待ちいただく場合があります）。

また、皆様からいただくご意見や、ご感想は、著者や訳者の方々も、たいへん楽しみにしていらっしゃいます。どうぞ、編集部までお寄せ下さいませ。

読者からのおたより

●このコーナーでは編集部にお寄せいただいたお手紙や、愛読者カードの中からいくつかを、ご紹介しています。

●絵本『クマさんのいえへ いかなくちゃ！』

お友だちのために、みんなが協力する姿が好きです。なにがあったのかと心配して読んでいると、サプライズだったとわかり、うれしくなりました。絵も、クマさんの家に向かう途中の大変さが伝わります。（東京都・Y・Rさん）

●絵本『ハムおじさん』

単純なお話の流れのなかに、一日一日を生きている主人公や飼い猫。年代に関係なく親しめて、自分自身も楽しく読めました。孫へプレゼントしたいと思います。（東京都・S・Yさん）

●絵本『ゆうびんやさん おねがいね』

うちの子には、ちょっとお話が長いかな？と思いながら読み始めましたが、最後までワクワクして聞いていたように思います。「ハグのゆうびん」が届いた時、娘が「よかったねー」と笑顔で話してくれました。優しい気持ちになれる、素敵な絵本でした。（京都府・M・Sさん）

●絵本『ムーミントロールと小さな竜』

スナフキンの優しい気持ちに感動した。まだまだ子どものムーミントロールとの対比がおもしろかった。スナフキンは何歳くらいかな？と、子どものころから思っていた。自分が小さいころ、テレビで「ムーミン」をやっていて、とても好きだったので絵本を購入したが、なんだか懐かしくて幸せな気持ちになった。（大阪市・I・Yさん）

●児童文学『黄色い竜』

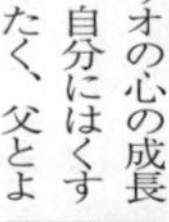

いつもは読み聞かせ用に本を探しておりますが、村上康成さんの児童文学ということで興味をもち、自分のために手に取りました。クリオの心の成長は、自分にはくすぐったく、父とよく川に遊びに行った子どものころを思い出しました。大好きな一冊になりました。（岐阜県・伊藤紗希さん）

●アニメ絵本『君たちはどう生きるか』

映画をまだ見ていないので、絵本でストーリーを知りました。宮崎さんが、七年も苦しみ、もがきながら作ったというこの作品が心に響き、宮崎作品の中で一番すき！青サギのなかに人間の顔を見た時は、きょうがく！おばあちゃんたちの顔の描き方も大好き！（宮城県・千葉恵子さん）

児童文学4月新刊

アンリくんとどうぶつだいすき(仮)　4月刊　文学

原書表紙

アンリくんは、フランスにすんでいる男の子。なかよしの、ネコのミシェルくんといっしょに、おばさんの住む農場へでかけました。

アンリくんは、農場にいるウマやウシ、ウサギにニワトリが大好き。でも、ミシェルくんは、どうぶつは好きじゃない、といいます。そこにイヌがやってきて…?（「アンリくん、どうぶつだいすき」）

ミシェルくんは、アンリくんから、お昼におよばれしました。ナプキンやフォーク、どれもミシェルくんははじめてで、ぜんぜんごはんが食べられません…。（「ミシェルくんの　およばれ」）

ミシェルくんが薬を買いにいくと聞いて、アンリくんはつれていってあげることにしましたが…?（「くすりを　かいに」）

図書館員として活躍したカールとヴァシュロンによる、楽しい幼年童話。

エディット・ヴァシュロン文
ヴァージニア・カール文・絵
松井るり子訳
A5判／64ページ
小学校低学年から
定価一九八〇円（税込）

好評既刊　ヴァージニア・カールの本

こんにちは、アンリくん

アンリくんは、フランスにすんでいる男の子。とうさん、かあさん、おばあちゃんがふたり、おにいさんが三人、いもうとが四人、おじさんが五人、おばさんが六人います。ある日、市場におつかいにいったアンリくん。ネコのミシェルくんと魚のとりあいになって…?　短いおはなしが三つ入った幼年童話。

エディット・ヴァシュロン文／ヴァージニア・カール文・絵／松井るり子訳／A5判／64ページ／小学校低学年から／定価一九八〇円（税込）

このねこ、うちのねこ！

小さな白いねこが、家が七けんある、小さな村にやってきました。ねこは、それぞれの家で名前をつけてもらい、かわいがられるようになりました。ところがある日、すべての家でねこをかわなくてはいけないという法律ができました。村の人たちは知恵をしぼって…?　シンプルなイラストと、ユーモラスなお話がマッチした楽しい絵本。

ヴァージニア・カール作・絵／こだまともこ訳／19㎝／32ページ／5歳から／定価一六五〇円（税込）

絵本４月新刊

マップス・プラス
新・世界図絵

地図と、たくさんのイラストで世界各国を紹介する、ポーランド発の大人気大判絵本。食べもの、歴史的な建物、有名な人物、植物・動物…など、さまざまな分野のイラストを地図のなかにぎっしりつめこんでいます。

二〇一四年に刊行し、三十万部のベストセラーとなった、青い表紙の日本語版『マップス 新・世界図絵』は、四十二の国と地域をとりあげていますが、今回の『マップス・プラス』は、青い表紙の『マップス』に入っていない二十四の国と地域をとりあげ、一冊にまとめました。緑の表紙が目印です。

二冊あわせると、六十六の国と地域をご覧になれます。『マップス』と『マップス・プラス』で重複してとりあげている国はありません。

青の表紙の『マップス』をすでにお持ちの方は、この機会にぜひお求めください。また、二冊併せてギフトにされるのもおすすめです。

４月刊　絵本

アレクサンドラ・ミジェリンスカ＆
ダニエル・ミジェリンスキ作・絵
徳間書店児童書編集部訳
３８cm／５３ページ
小学校低中学年から
定価三〇八〇円（税込）

■好評既刊　ミジェリンスキ夫妻の本

世界の国から
いただきます！

世界二十六か国の食べものを、国ごとに紹介。食べものと歴史の関係や、よく食べられている食材や料理、行事の際の食べものなど、「食」にまつわる様々なトピックをとりあげています。「食」を通して、国の歴史や文化についても学べます。

Ａ・ミジェリンスカ＆Ｄ・ミジェリンスキ文・絵／Ｎ・バラノフスカ文／岡根谷実里日本語版監修／徳間書店児童書編集部訳／３８cm／１１２ページ／小学校低中学年から／定価四一八〇円（税込）

国立公園へ行こう！

ポーランドの国立公園にすむリスとバイソンが、世界の国立公園を紹介。八つの国立公園への旅を通して、珍しい動植物や地形、自然現象をマンガ形式でわかりやすく描いています。「生物多様性」「生態系」「種」などの考え方も紹介。「自然保護」についての初めての読書としても最適です。

Ａ・ミジェリンスカ＆Ｄ・ミジェリンスキ作・絵／徳間書店児童書編集部訳／３８cm／１２８ページ／小学校中学年から／定価三六三〇円（税込）

児童文学3月新刊

ぼくの心は炎に焼かれる　3月刊　文学

植民地のふたりの少年

一九五一年ケニア。十一歳の白人少年マシューは、寄宿学校から農場へ帰ってくると、家のまわりのフェンスが以前より高くなっていることに気がついた。白人から土地を取り返そうとする〈マウマウ〉と呼ばれるキクユ人の集団におそわれる農場がふえているからだ。

キクユ人のムゴは、マシューの住む農場の台所で下働きをしている。マシューから兄のようにしたわれている。しかしムゴは、マシューに頼み込まれてついた嘘のせいで、主人であるマシューの父にしかられることもあった。

そんなある夜、ムゴの家にマウマウの一団がやってきて、ムゴの両親や農場で働くキクユ人たちを仲間に引き入れようとするのだが…？

イギリス植民地時代のケニアを舞台に、白人と黒人、ふたりの少年の視点から、アフリカの歴史の一場面を描き出す。南アフリカで生まれ育ったカーネギー賞受賞作家による、心がひりひりする歴史フィクション。

ビヴァリー・ナイドゥー作
野沢佳織訳
B６判
２２４ページ
十代から
定価一八七〇円（税込）

■好評既刊　アフリカを舞台にした物語

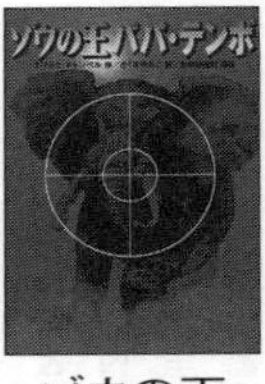

ゾウの王
パパ・テンポ

ゾウの密猟をくい止めたいとアフリカに乗り込んだハイラムは、ゾウを殺すことに執念を燃やす残忍な密猟者を追い始めた。一方、ゾウの調査を続けるイギリス人科学者の娘アリソンは、パパ・テンポと呼ばれて恐れられている巨大なゾウと心を通わせ…。広大なサバンナを舞台にダイナミックに描かれる人間と動物の壮絶なドラマ。

エリック・キャンベル作／さくまゆみこ訳／B６判／２４８ページ／十代から／定価一六五〇円（税込）

川の上で

一九三〇年代東アフリカ。熱病の娘を救うため、大きな町の病院を目指し広大な川へと漕ぎ出した若きドイツ人宣教師フリードリヒは、やがて不思議なことに気づく。立ち寄る川沿いの村人たちが、次々に娘を癒してくれている…？　異文化との出会いと、父娘の心の絆を丁寧に描く。産経児童出版文化賞ＪＲ賞受賞。

ヘルマン・シュルツ作／渡辺広佐訳／B６判／１５２ページ／十代から／定価一三二〇円（税込）

絵本3月新刊

こっちにおいでよ、ちびトラ　3月刊　絵本

キルステン・ハバード文
スーザン・ギャル絵
長友恵子訳
23cm／32ページ　5歳から
定価一八七〇円（税込）

こねこをもらいにいった。わたしがえらんだのは、つめをだして、シャーッとおこった声をだす、こねこ。このこにきめたのは、わたしと似てるっておもったから。毛の色がトラみたいだから、ちびトラってよぼう。

　お兄ちゃんは、わたしがそのねこをえらんだ理由はよくわかるって。どっちも、じっとしていられないから。

　そんなことを言われて、お兄ちゃんに、ついどなっちゃった。わたしだって、どならないように頑張ってるのに…。

ちびトラと、ちょっとなかよくなってきたかな、とおもったら、今日はちびトラがいなくなった。どこなの？　でてきて！

女の子が、自分の心を見つめながら、こねことの距離をすこしずつちぢめていくようすを描く、心あたたまる絵本。

■好評既刊　ゆかいなねこの絵本

ねこは まいにち いそがしい

ぼくは、ねこ。毎日とってもいそがしい。うちの家族は、ぼくがいないとだめなんだ。朝早く家族を起こして、外をみはって、おばあちゃんの編み物や、子どもたちの宿題を手伝ってあげて…。

　えらそうなのに、にくめない！　仕事も遊びも一生懸命で、家族が大好きなねこの、いそがしい一日を描いた絵本。

ジョー・ウィリアムソン作・絵／いちだいづみ訳／27cm／32ページ／5歳から／定価一七六〇円（税込）

ヒゲタさん

ある雨の夜、チカちゃんは、黒々とした口ひげをはやしたネコを見つけて、家にとめてあげました。次の朝、「チカちゃん、きのうはありがとう」という声で目をさますと、なんと、そのネコが話しています。ちかちゃんはネコに、ヒゲタさんという名前をつけてあげました。ヒゲタさんは、ちかちゃんをひげの国に連れて行ってくれて…？　ちょっぴり奇妙で楽しい絵本。

山西ゲンイチ作・絵／27cm／32ページ／3歳から／定価一七六〇円（税込）

編集部のこぼれ話

○月×日

　二月刊絵本『まよなかのかいじゅう』を刊行する前に作者の阿部結さんと一緒に、都内の保育園にて試し読みを行ったときのことです。

　絵本のページ数は四十ページで、対象年齢は五歳からと考えていましたが、園長先生の希望もあって年長のクラスだけでなく、一～二歳くらいの小さな子どもたちにも読み聞かせすることになりました。読む前は、この年齢の子どもたちにはお話が難しいかもしれない、かいじゅうの姿がこわいかもしれないと思っていましたが、読み聞かせを始めてみれば子どもたちは最後までお話に集中していて、かいじゅうが「おきちゃう」と呟《つぶや》いた子も。小さな子どもたちがお話の世界に入って楽しんでいる姿を見て、とてもうれしくなりました。

○月×日

「２０２４えほん50」と第29回日本絵本賞最終候補絵本（共に全国学校図書館協議会主催）が発表になりました。徳間書店の絵本は、「えほん50」には、『サンタさんはどうやってえんとつをおりるの？』（マック・バーネット文／ジョン・クラッセン絵／いちだいづみ訳）と『しんちゃんのひつじ』（川村みどり文／すぎはらともこ絵）、日本絵本賞最終候補には『サンタさん～』が選ばれています。選考結果の発表は六月、ご注目ください！

『サンタさんはどうやってえんとつをおりるの？』（徳間書店）

■村上康成の世界展開催！

　絵本『ピンク、ぺっこん』や『はるのやまはザワザワ』、児童文学『黄色い竜』の作者、村上康成さんの原画展が二会場で開催されます。人気絵本の原画をはじめ、タブロー、学生時代の作品など約三百点で構成される展覧会、ぜひお運びください。

「村上康成の世界展　うみ・やま・かわに抱かれて―絵本作家のワイルド・ライフ・アート―」

●まなびあテラス　東根市美術館（山形県）　四月二十七日（土）～六月九日（日）

●佐野美術館（静岡県）　六月十五日（土）～八月四日（日）

■「君たちはどう生きるか」展開催中

　三鷹の森ジブリ美術館で、スタジオジブリの新作映画「君たちはどう生きるか」展が開催されています。映画の制作過程では、ほとんどの絵が、まず紙に鉛筆と絵の具で描かれました。これらの絵を、第一部「イメージボード編」からはじまり、第二部「レイアウト編」、第三部「背景美術編」と、三期にわたり、展示物を入れ替えて公開します。この機会に、「君たちはどう生きるか」における様々な絵を、ぜひジブリ美術館でお楽しみください。

【イメージボード編】

開催中～五月（予定）

●三鷹の森ジブリ美術館（東京）

アニメ絵本も好評発売中！

メールマガジン配信中！

ご希望の方は、左記アドレスへ空メールを！（件名「メールマガジン希望」）

→tkchild@shoten.tokuma.com

児童書編集部のX（旧ツイッター）！

Xでは、新刊やイベント、ｎｏｔｅの投稿告知など、さまざまな情報をお知らせしています。

→@TokumaChildren

児童書編集部のインスタグラム！

インスタグラムでは、新刊情報をお知らせしています。

→http://www.instagram.com/tokuma_kodomonohon/

すると、

ミシェルくんは　いいました。

「えーと……それだったら

けっこうです、ありがとう。

きょうは

ごちそうさまでした。

おそくなったから

もう　かえるね。

アンリくん、またね」

さて、ミシェルくんは　いえに　かえると
おおきな　ボウルを　だしてきて
たっぷり　ミルクを　つぎました。
そして　ゴロゴロと　のどを　ならしながら
いいました。

「いただきます！」

それから
おなかが　いっぱいに　なるまで
おいしい　ミルクを　のみました。

くすりを　かいに

あるひ　アンリくんが　まちを　あるいていると、

ゆっくりと　さきを　あるく

ミシェルくんが　みえました。

アンリくんは　こえを　かけました。

「こんにちは　ミシェルくん、どこへ　いくの？」

「こんにちは　アンリくん。

ぼく、くすりやさんへ　いくところ」

「どうして？」と、アンリくん。

「くすりを　かうの」と、ミシェルくん。

「ぐあいが　わるいんだね、かわいそうに。
だいじょうぶ？」
「うん、だいじょうぶ」と、ミシェルくん。
「あるけるの？」
「もちろんさ。かんばんが　よめないだけ」

「じゃあ　いそごう。
ほら、あそこが　くすりやさんだよ」と、アンリくん。

くすり

ふたりは　くすりやさんに　はいりました。
くすりやさんが　いいました。
「いらっしゃいませ。どう　なさいました？」

「くすりを　ください」と、アンリくんが　いうと、
くすりやさんは
アンリくんを　じっと　みて
いいました。

「おきゃくさま、
ねつは　ありますか？」
「いいえ、ねつは　ありません」

「のどの　いたみは？」
「ありません」

「さむけは　しますか？」
「いいえ、しません」

「おなかは　いたいですか？」
「いたくありません。

ぼくは　びょうきじゃ　ありません。
くすりが　いるのは
こちらに　いる　ともだちです」
と、アンリくんは　いいました。

「これは　しつれい」
くすりやさんは　めがねを　はずして
ねこの　ミシェルくんを　よーく　みてから
いいました。

「さて　さて、ちいさな　おきゃくさま、
ねつは　ありますか？」

「いいえ、ねつは　ありません」
と、ミシェルくん。

「のどの　いたみは？」と、くすりやさん。

「ありません」と、ミシェルくん。

「さむけは　しますか？」

「いいえ、しません」

「おなかは　いたいですか？」

「いたくありません」

「わかりませんなあ」
と　いうと、くすりやさんは
また　めがねを　かけて、
アンリくんと　ミシェルくんを　じっと　みました。

「わたしには　さっぱり　わかりませんな。
おふたりとも
ねつは　ないし、
のどの　いたみも　さむけも　ないし、
おなかも　いたくない、と　きた……。

では、なぜ　くすりが　おいりようなんでしょう？」

するると、ミシェルくんが　いいました。
「ぼく、かあさんに　おつかいを　たのまれたんです。
おばさんの　くすりを　かってきてって。

おばさんは　あたまが　いたいんです。

よく　きく　おくすり　くださいな」

くすりやさんは　すぐに　くすりを

つつんでくれました。

アンリくんと　ミシェルくんは

なかよく　いえに　かえりました。

作者《さくしゃ》について

この本《ほん》は、アメリカ・ウィスコンシン州《しゅう》の、ふたりの図書《としょ》館員《かんいん》がつくりました。ヴァージニア・カールは画家《がか》でもあり、エディット・ヴァシュロンはフランス語《ご》の先生《せんせい》でもありました。ふたりで考《かんが》えたおはなしに、カールが絵《え》をつけました。

カールは、第二次世界大戦後《だいにじせかいたいせんご》、ヨーロッパにあるアメリカ軍《ぐん》の基地《きち》に設《もう》けられた陸軍《りくぐん》の図書館《としょかん》でも、司書《ししょ》をしていました。そのときにヨーロッパを旅《たび》した経験《けいけん》をもとに、ヨーロッパを舞台《ぶたい》とした子《こ》どもの本《ほん》を、何冊《なんさつ》も作《つく》りました。

ヴァシュロンは、アメリカ生《う》まれのアメリカ育《そだ》ちですが、両親《りょうしん》はフランス人《じん》だったため、家《いえ》の中《なか》ではフランス語《ご》を話《はな》していました。ヴァシュロンは、フランス語《ご》の先生《せんせい》としてしばらく働《はたら》いたのち、短《みじか》いあいだですが、教師《きょうし》としてフランスでくらしました。

前作《ぜんさく》の『こんにちは、アンリくん』は、1959年《ねん》にアメリカで、英語版《えいごばん》とフランス語版《ごばん》の両方《りょうほう》が出版《しゅっぱん》され、とくにフランス語版《ごばん》は、フランス語《ご》の教科書《きょうかしょ》としても使《つか》われました。

訳者《やくしゃ》あとがき

エディット・ヴァシュロンと、ヴァージニア・カールによる前作《ぜんさく》、『こんにちは、アンリくん』は、幼《おさな》い子《こ》どもたちに、かず、いろ、ようびを、ユーモラスにさりげなく知《し》ってもらうおはなしでした。

２冊目《さつめ》にあたるこの本《ほん》、『アンリくん、どうぶつだいすき』には、すこし大《おお》きくなったアンリくんと、前《まえ》と変《か》わらない、ねこのミシェルくんが登場《とうじょう》します。前作《ぜんさく》よりもふたりの生《せい》活圏《かつけん》が広《ひろ》がり、どうぶつ、テーブルマナー、かいものをするときのことばについて、楽《たの》しく知《し》ることができます。

60年《ねん》以上前《いじょうまえ》の作品《さくひん》ですので、今《いま》の常識《じょうしき》とすこし違《ちが》うところもあります。たとえばこのころは、ねこには、人間《にんげん》の飲《の》むミルクを与《あた》えていましたが、今《いま》では〈ネコ用《よう》ミルク〉を与《あた》えるようになってきました。

なかよしのふたりといっしょに、フランスの農場風景《のうじょうふうけい》や、コース料理《りょうり》、街《まち》のようすなどをお楽《たの》しみください。

【訳者】
松井るり子（まついるりこ）
岐阜市生まれ。出版社勤務を経て、子育てや子どもの本についての執筆、講演をしている。絵本の翻訳に『うさぎのおうち』（産経児童出版文化賞翻訳作品賞）『いえでをしたくなったので』『みんなであなたをまっていた』（以上ほるぷ出版）、『かさの女王さま』（らんか社）、『まどべにならんだ五つのおもちゃ』『かあさん、だいすき』『とびらのむこうにドラゴンなんびき？』『こんにちは、アンリくん』（以上徳間書店）ほか。著書に『絵本でほどいてゆく不思議〜暮らし・子ども・わたし』（平凡社）ほか。

資料協力：細江幸世

【アンリくん、どうぶつ だいすき】

More about Henri
エディット・ヴァシュロン文
ヴァージニア・カール文・絵
松井るり子訳 Translation © 2024 Ruriko Matsui
64p、22cm、NDC933

アンリくん、どうぶつ だいすき
2024年4月30日　初版発行

訳者：松井るり子
装丁：百足屋ユウコ（ムシカゴグラフィクス　こどもの本デザイン室）
フォーマット：前田浩志・横濱順美

発行人：小宮英行
発行所：株式会社 徳間書店
〒141-8202　東京都品川区上大崎3-1-1　目黒セントラルスクエア
Tel.(03)5403-4347(児童書編集)　(049)293-5521(販売)　振替00140-0-44392番
印刷：日経印刷株式会社
製本：大日本印刷株式会社
Published by TOKUMA SHOTEN PUBLISHING CO., LTD., Tokyo, Japan.　Printed in Japan.

徳間書店の子どもの本のホームページ　https://www.tokuma.jp/kodomonohon/

ISBN978-4-19-865827-4